LE CLUB DE
Fraisinette

Le voyage de l'amitié

Par Megan E. Bryant
Illustré par Laura Thomas

Presses Aventure

AMERICAN GREETINGS

Paru sous le titre original : *The Friendship Trip*

Publié par Grosset & Dunlap, une division de Penguin Young Readers Group.

Traduit de l'anglais par : Louise Picard

Publié par PRESSES AVENTURE, une division de
LES PUBLICATIONS MODUS VIVENDI INC.
55, rue Jean-Talon Ouest, 2ᵉ étage
Montréal (Québec)
H2R 2W8

Dépôt légal - Bibliothèque et Archives nationales du Québec, 2008
Dépôt légal - Bibliothèque et Archives Canada, 2008

ISBN 13 : 978-2-89543-793-2

Nous reconnaissons l'aide financière du gouvernement du Canada par l'entremise du Programme d'aide au développement de l'industrie de l'édition (PADIÉ) pour nos activités d'édition.

Gouvernement du Québec — Programme de crédit d'impôt pour l'édition de livres — Gestion SODEC

Imprimé en Chine.

Chapitre 1

— Quelle *chaleur!* se plaignit Petit Beignet, allongé dans l'herbe haute sur la rive de la rivière au Chocolat. Qui peut s'amuser à l'extérieur lorsqu'il fait si chaud?

Fraisinette avala une gorgée de limonade.

— Bien, c'est mieux que de s'ennuyer à l'intérieur, non? lança-t-elle à la blague.

— Tiens Petit Beignet, prends donc un sandwich, lui suggéra Mandarine.

— Je ne veux pas de sandwich, répliqua Petit Beignet. Il semblait de mauvaise humeur.

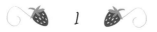

Je veux *faire* quelque chose! Mais il fait trop chaud pour jouer. Même les poissons ne mordent pas à l'hameçon. J'aimerais que ce soit l'été, mais sans cette canicule!

Fraisinette devait l'admettre, l'été était l'une de ses saisons préférées. Elle aimait aller cueillir des petits fruits, organiser des pique-niques et passer de longs après-midi en compagnie de ses amis. Mais toutes ces activités n'étaient plus aussi palpitantes depuis qu'une vague de chaleur frappait la Vallée de Fraisinette.

— Tu sais quoi Petit Beignet? dit-elle. Tu as raison, c'est fraisement ennuyant depuis quelque temps ici. Mais je connais la solution : des vacances!

— Des vacances? répéta Petit Beignet.

— Oui, répondit Fraisinette. C'est exactement ce dont tu as besoin, comme nous tous d'ailleurs. Rencontrons-nous cet après-midi

au Club de l'amitié pour planifier nos vacances.

– Chouette! s'exclama Mandarine. Des
vacances avec les membres du Club de l'amitié! Elles seront assurément formidables!

Fraisinette sourit.

– Alors, qu'attendons-nous? demanda-t-
elle. Allons retrouver le reste de nos amis!

Une heure plus tard, Fraisinette dévala le
sentier de la Baie en direction du pavillon du
Club de l'amitié. Depuis que Fraisinette avait
fondé le club, en compagnie de ses meilleurs
amis Petit Beignet, Mandarine, Bleuette,
Mam'zelle Galette et Madeleine, il semblait
que des aventures palpitantes étaient toujours au rendez-vous. Faire partie du Club de
l'amitié signifiait que Fraisinette et ses amis
passeraient encore plus de temps ensemble
et qu'ils feraient beaucoup de choses amu-
santes.

Fraisinette entra dans le pavillon.

– C'est frais ici, lança-t-elle en se rendant dans la pièce principale.

– C'est parce que chacun de nous a apporté un ventilateur, expliqua Bleuette.

Fraisinette signala en pouffant de rire  qu'elle aussi en avait apporté un, tout en déposant son sac à dos sur le plancher.

– Les grands esprits se rencontrent, clama Madeleine en riant.

– Maintenant que nous sommes tous présents, pouvons-nous commencer à planifier nos vacances? demanda Petit Beignet. Il était tellement excité qu'il ne tenait plus en place.

– Je veux me rendre à Bosquet Tangerine!

– Et visiter Tangerine des Bois? questionna Mandarine. Ce sera nos plus belles

vacances. Oh! j'aimerais aller me promener dans la forêt tropicale et manger des petits fruits, poursuivit-elle.

— Tout à fait! Ce serait toute une aventure! ajouta Petit Beignet.

Madeleine plissa le nez.

— Mais il fera vraiment chaud là-bas aussi. Pourquoi n'irions-nous pas visiter Crêpe Suzette à Pearis? proposa-t-elle. Nous mangerions des éclairs au chocolat dans un café et nous pourrions découvrir ce qui sera à la mode cet automne.

— La mode automnale? Ce n'est pas très excitant comme vacances, mais je mangerais volontiers des éclairs, clama Petit Beignet.

— De toute façon, nous avons vu Crêpe Suzette le mois dernier lors de son séjour parmi nous, lança Mam'zelle Galette. Je veux voir un ami que je n'ai pas vu depuis un bon moment, comme Feuille de Thé!

— Il s'agit d'excellentes suggestions, déclara Fraisinette, mais il y un gros problème.

— Quel est-il? demanda Petit Beignet.

— Tous ces endroits sont fraisement loin, expliqua Fraisinette. Il faut beaucoup de temps pour planifier un voyage à l'étranger. Nous ne pourrions partir avant quelques semaines. J'espérais partir plus tôt.

— Moi aussi! s'exclama Petit Beignet.

Les amis restèrent silencieux pendant un court moment. Puis une lueur surgit dans les yeux bruns de Fraisinette.

— J'ai une idée, dit-elle lentement. Que pensez-vous d'aller camper… sur l'Île de Crème Glacée.

— Tu veux dire là où les pouliches vivent? demanda Bleuette.

Fraisinette sourit.

— Ce serait le voyage parfait. Ce n'est pas trop loin, ce qui signifie que nous pourrions nous y rendre la fin de semaine prochaine.

Une légère brise souffle sur l'île et nous n'avons pas vu nos amies pouliches depuis un certain temps déjà. Ce serait amusant de les voir.

– C'est ça, déclara Petit Beignet tout guilleret.

– J'adore faire du camping. J'ai déjà hâte d'installer la tente, de manger à l'extérieur et…

– Et d'explorer l'île avec les pouliches, continua Mam'zelle Galette.

– Et d'orner leur crinière de jolis rubans, rajouta Madeleine.

Bientôt, tous les enfants riaient et discutaient de leur expédition, sauf Mandarine. Elle s'éclaircit la voix et déclara :

– Je ne sais pas trop.

Mais sa voix était si douce que personne ne l'entendit.

Mandarine se reprit et parla de nouveau :

– Je ne sais pas.

Encore une fois, personne ne la regardait.

– J'ai dit, je ne sais pas, je veux dire *non,* dit-elle d'une voix plus forte.

Le silence tomba dans la salle. Mandarine sentait que son visage devenait rouge.

– Nous devrions… parler davantage. Peut-être n'avons-nous pas encore pensé au meilleur endroit, hasarda-t-elle.

– Je crois que l'Île de Crème Glacée est parfaite pour des vacances, déclara Petit Beignet. Qu'est-ce qui ne va pas ?

– Oui, ajouta Bleuette. Pourquoi ne veux-tu pas aller camper ?

– Je croyais que tu aimais passer du temps à l'extérieur, signala Mam'zelle Galette.

– Oui, j'aime ça, répondit Mandarine. Mais peut-être pourrions-nous envisager un autre voyage.

— Votons, proposa alors Fraisinette. Que ceux qui sont d'accord pour se rendre à l'Île de Crème Glacée disent « oui ».

— Oui, répondirent en chœur Petit Beignet, Bleuette, Madeleine, Mam'zelle Galette et Fraisinette.

— Que ceux qui sont contre la proposition d'aller sur l'Île de Crème Glacée, disent «non», reprit Fraisinette.

Tout le monde se retourna vers Mandarine.

— Non, dit-elle lentement en fixant le sol.

— Voyons Mandarine, supplia Petit Beignet. Tout le monde veut aller camper, s'il te plaît ?

— Je sais que tu t'amuserais si tu t'en donnais la chance, l'encouragea Bleuette.

Mandarine regarda tous les membres du Club. Pourquoi désappointerait-elle ses amis ?

— D'accord, soupira-t-elle. Allons camper.

— Hourra! crièrent les amis, sauf Mandarine. Ils étaient si heureux que personne n'avait remarqué la lueur de peur dans les yeux de cette dernière.

— Commençons à planifier notre expédition, dit Fraisinette tout excitée. Elle prit un bloc-notes et un stylo.

— Tout d'abord, quelqu'un doit se rendre sur l'Île de Crème Glacée pour aviser les pouliches de notre venue. Je peux le faire demain.

— Parfait, Fraisinette, déclara Mam'zelle Galette.

— Quelqu'un devrait s'occuper de l'organisation du voyage, continua Fraisinette.

— Moi, moi! lança Bleuette. Je peux dresser une liste pour chacun d'entre nous.

— Super! répondit Fraisinette. Qui veut être responsable de la nourriture?

— Je veux bien, déclara Madeleine.

— Et qui veut réunir tout le matériel? demanda Fraisinette.

— Je peux, répondirent Petit Beignet et Mam'zelle Galette en même temps. Les enfants rirent.

— Ce travail est assez exigeant, deux personnes peuvent donc s'en occuper, proposa Fraisinette. Elle regarda sa liste.

— Je crois que c'est…

— Mais Mandarine n'a aucune tâche, remarqua Mam'zelle Galette.

— C'est vrai, fit Fraisinette. Elle se tourna vers Mandarine et lui demanda :

— Qu'aimerais-tu faire pour préparer le voyage ?

— Oh ! je ne sais pas, Mandarine, dit-elle doucement. Il ne reste probablement...

Tout à coup, Bleuette claqua des doigts.

— Je le sais. Tu peux fabriquer une tente. C'est pratiquement la tâche la plus importante, parce que si nous n'avons pas de tente, où dormirons-nous ?

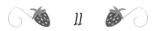

— Une tente? Je ne sais... répondit Mandarine.

Elle fut interrompue par les rires de Mam'zelle Galette.

— Fraisinette, comment peux-tu avoir oublié la tente? déclara Mam'zelle Galette.

Fraisinette rit elle aussi.

— C'est bien que nous ayons planifié ce voyage ensemble, dit-elle. Je vais demander à Mandarine de s'occuper de la tente...

— Attends, je ne sais même pas comment fabriquer une tente, plaida Mandarine.

— Mais tu es une excellente couturière, dit Madeleine un peu embarrassée.

— Mais... protesta Mandarine.

— Je peux t'aider, lui proposa Bleuette. Je peux trouver un patron à suivre et nous pourrions faire une gigantesque tente à partir des morceaux et des pièces de tissu que nous avons déjà.

Mandarine se cala dans son fauteuil.

— Très bien, soupira-t-elle.

— Merci Mandarine, lui dit Fraisinette. Elle tapa dans ses mains avec enthousiasme. Tout se déroule parfaitement. Je suis impatiente de partir camper.

Mandarine tenta de sourire à ses amis. Ils semblaient tous tellement heureux. Elle aimerait elle aussi être aussi emballée qu'eux à propos de ce voyage.

Mais se rendre sur l'Île de Crème Glacée était la dernière chose que Mandarine souhaitait faire.

Chapitre 2

Après la réunion, Fraisinette et Bleuette firent un bout de chemin ensemble. Fraisinette était encore fraisement ravie à l'idée de faire le voyage, mais quelque chose la tracassait.

— Mandarine ne semblait pas très en forme aujourd'hui, n'est-ce pas ? demanda Fraisinette.

— Ah ! oui ? répliqua Bleuette. Hum, je n'ai pas vraiment remarqué. Elle est toujours assez silencieuse.

– Je sais, mais il y a quelque chose. On dirait qu'elle ne veut pas vraiment faire ce voyage, fit Fraisinette en mordillant sa lèvre pensivement. Peut-être viendra-t-elle avec moi à l'Île de Crème Glacée pour faire connaître nos plans aux pouliches. Elle pourrait ainsi se rappeler le plaisir que l'on éprouve dans cet endroit.

Bleuette sourit.

– Oui, il y a belle lurette que nous y sommes allés, dit-elle au moment où elles arrivèrent à la fourche du Sentier de la Baie. Porte-toi bien, Fraisinette!

– Toi aussi, lui répondit-elle.

Fraisinette téléphona à Mandarine dès qu'elle entra chez elle.

Dring, Dring, Dring!

– Allô, répondit Mandarine.

– Bonjour, c'est Fraisinette!

– Oh! bonjour, dit Mandarine. Je viens tout juste de rentrer de la réunion.

– Moi aussi, répondit Fraisinette. Aimerais-tu venir avec moi demain à l'Île de Crème Glacée?

– Non, répliqua Mandarine, je veux…

– Mais ce sera amusant, dit Fraisinette en tentant de convaincre Mandarine. Nous pourrons voir toutes les pouliches et trouver un site pour installer la tente.

– Non, je ne peux pas y aller, balbutia Mandarine. C'est trop chaud. Je dois rester à la maison pour arroser mes plantes. Elles ont besoin de beaucoup d'eau lorsqu'il fait aussi chaud. En fait, je dois aller les arroser. Je te reparlerai plus tard, d'accord Fraisinette? Bye.

Clic.

Fraisinette regarda son téléphone sans fil rose. Est-ce que Mandarine avait coupé court à la conversation?

Fraisinette déposa l'appareil sur le comptoir en soupirant.

Pourquoi Mandarine ne voulait-elle pas se rendre sur l'Île de Crème Glacée?

Pourquoi ne voulait-elle pas passer du temps avec ses amis?

Tôt le lendemain matin, Fraisinette partit vers l'Île de Crème Glacée. Lorsqu'elle quitta le sentier de la Baie, le ciel était encore rose. Assez vite, elle atteignit la rivière au Chocolat. Comme prévu, elle trouva le canot que Petit Beignet avait mis à sa disposition. Elle rama jusqu'au ruisseau Soda, où les eaux bouillonnantes descendaient en cascade des montagnes entourant l'Île de Crème Glacée.

En se rapprochant de l'île, Fraisinette pouvait voir les reflets de couleurs arc-en-ciel des montagnes luisant sous le soleil du matin. Le cœur de Fraisinette battait de joie. Elle était impatiente de voir ses amies les pouliches, et tout particulièrement Caramelo ! Fraisinette rama jusqu'au rivage et tira le canot sur la berge. Elle respira l'air pur et frais et courut jusqu'à l'écurie.

En courant dans la clairière entourant l'écurie, elle cria :

— Bonjour Caramelo ! bonjour vous tous !

Caramelo releva la tête du champ de trèfle qu'elle grignotait.

— Fraisinette ! Bonjour ! Quelle belle surprise, dit-elle. Je n'attendais pas ta visite aujourd'hui !

Les autres pouliches hennirent de joie. Fraisinette pouvait dire qu'elles étaient contentes de la voir elle aussi, même si elles étaient incapables de parler comme Caramelo.

— Je suis heureuse de vous voir moi aussi, avoua-t-elle en entourant le cou de Caramelo. J'ai plein de choses à vous annoncer.

– Oh! c'est emballant! s'exclama Caramelo. Mais veux-tu aller faire une promenade avant?

– Avec plaisir, répondit Fraisinette.

Elle se hissa sur le dos de Caramelo et s'agrippa doucement à la crinière tandis que la pouliche partit au trot. Caramelo galopa le long du sentier, clapotant dans le ruisseau Soda pour atteindre les montagnes.

– Oh! Caramelo, j'ai presque oublié, s'exclama soudain Fraisinette lorsqu'ils s'arrêtèrent pour une pause. Je t'ai apporté une surprise.

– J'avais le pressentiment que tu l'avais fait, répondit Caramelo d'un air narquois pendant que Fraisinette sauta à bas. Est-ce mes...

cubes de sucre favoris?

Les yeux de Fraisinette s'écarquillèrent de surprise.

— Comment le sais-tu? demanda-t-elle en sortant un sac de papier brun de son sac à dos. Les as-tu vus?

— Non, mais je pouvais les sentir, répondit Caramelo en grignotant les cubes. Délicieux!

— Je veux te poser une question, dit Fraisinette. Accepteriez-vous que le Club de l'amitié vienne camper sur l'Île de Crème Glacée cette fin de semaine?

— Certainement! s'exclama Caramelo. Il y a bien longtemps que tout le monde est venu nous visiter. Qui viendra? Toi, Petit Beignet, Bleuette, Mam'zelle Galette et Madeleine, je suppose.

— Et Mandarine, lui rappela Fraisinette.

Caramelo semblait surprise.

— Vraiment? Mandarine vient aussi?

— Bien sûr, répondit Fraisinette, pourquoi ne viendrait-elle pas?

Caramelo regarda au loin.

– Oh! je ne sais pas. Aucune raison, je pense, déclara-t-elle.

Fraisinette fronça les sourcils. Caramelo lui cachait-elle quelque chose? Mais avant qu'elle puisse poser une autre question, la pouliche changea de sujet.

– Nous sommes bien heureux que le Club des amis vienne nous rendre visite, annonça Caramelo avec enthousiasme. Et je sais exactement à quel endroit vous devriez installer votre campement. Allez monte, je vais t'y emmener.

Caramelo galopa vers l'écurie, Fraisinette se tenant fermement.

– Je crois qu'il s'agit de l'endroit *idéal* pour camper, déclara Caramelo. Le trèfle sera moelleux comme un lit de plume sous vos sacs de couchage et un peu plus loin, il y a un endroit pour faire un feu de camp. Et vous pourrez observer les étoiles.

— C'est parfait, approuva Fraisinette avec un large sourire. Oh! Caramelo, j'ai hâte. Je devrais retourner à la maison et commencer à me préparer.

— D'accord, Fraisinette, lui répondit Caramelo. À très bientôt!

Chapitre 3

La Vallée de Fraisinette fourmilla d'activités pendant quelques jours. Bleuette avait dressé une liste pour chaque ami et Fraisinette avait aussitôt apposé la sienne sur le frigo afin de ne rien oublier. Elle souriait chaque fois qu'elle biffait une tâche inscrite sur la liste.

Frais-i-i-i-i-nette !

La sonnerie personnalisée du cellulaire de Fraisinette retentit.

À faire :

~~Visiter les pouliches~~

À emporter :
Shorts
Jeans
T-shirts
Pulls molletonnés
Pyjama
Maillot de bain
Chaussettes
Bottes de randonnée
Chapeau
Brosse à dents et dentifrice
Écran solaire
Sac de couchage, couverture, oreiller
Gamelle

– Allô! répondit Fraisinette.

– Allô! c'est Petit Beignet. Peux-tu venir nous rejoindre, Mam'zelle Galette et moi, au pavillon?

– Bien sûr, répondit Fraisinette. Est-ce que tout va bien?

– Tout à fait, la rassura Petit Beignet. On se voit dans quelques minutes.

Lorsque Fraisinette arriva au pavillon, Petit Beignet et Mam'zelle Galette l'attendaient, le sourire fendu jusqu'aux oreilles.

– Que se passe-t-il? demanda Fraisinette. Vous semblez très contents.

– Regarde ce que nous avons fait, lui dit Mam'zelle Galette.

Elle prit le bras de Fraisinette et l'emmena à l'intérieur du pavillon. Une montagne d'articles de camping jonchait le sol.

– Chouette! s'exclama Fraisinette. Regardez-moi ça, vous n'avez pas chômé!

– Nous garderons tout le matériel ici, expliqua Petit Beignet. Jusqu'à présent, nous avons une trousse de premiers soins, une carte, une boussole, des ustensiles pour cuisiner à l'extérieur, des sacs supplémentaires, des lampes de poche et des piles, des outils et une bâche à placer sous la tente.

– Comme Madeleine s'occupe de la nourriture et que chacun de nous apporte ses propres vêtements et son sac de couchage, il ne nous manque que la tente, conclut Mam'zelle Galette. Mais je crois que Mandarine travaille toujours à sa fabrication. Je lui ai téléphoné pour savoir si la tente est prête, mais elle n'a pas répondu.

– Bien, c'est fraisement excitant, dit Fraisinette. J'ai encore plus hâte de faire ce voyage maintenant que j'ai vu tout le matériel. Réunissons-nous tous ici la veille de notre départ. Nous pourrons alors vérifier que nous n'avons rien oublié.

— Oui, acquiesça Mam'zelle Galette. Ce sera amusant de tous se retrouver la veille du départ.

— Je vais téléphoner aux autres pour les aviser, promit Fraisinette. Bon travail les amis. À vendredi soir !

Une fois à la maison, Fraisinette téléphona d'abord à Bleuette.

Dring ! Dring ! Dring !

— Allô ! répondit Bleuette.

— Allô ! c'est moi Fraisinette.

— Eh ! quoi de neuf ? demanda Bleuette.

— J'étais au pavillon avec Petit Beignet et Mam'zelle Galette, et ils ont pratiquement tout réuni ce dont nous avons besoin pour notre voyage, expliqua Fraisinette.

– Génial, ils sont rapides, dit Bleuette. Nous ne partons pas avant deux jours. As-tu parlé à Mandarine dernièrement?

– Non, lui répondit Fraisinette.

– Moi non plus, poursuivit Bleuette. Je devais aller l'aider à confectionner la tente, n'est-ce pas? J'ai trouvé un joli patron et ramassé de nombreuses retailles de tissu. Mais chaque fois que je lui télé-phone, il n'y a aucune réponse.

Fraisinette fronça les sourcils.

– Hum, peut-être a-t-elle commencé à tra-vailler et qu'elle est tellement concentrée qu'elle a oublié que tu devais l'aider.

– Peut-être, répondit Bleuette sans con-viction.

– Oh! encore une chose, continua Fraisi-nette. La veille du départ, nous allons tous nous rencontrer au pavillon avec nos bagages afin de nous assurer que nous avons tout ce dont nous aurons besoin. Est-ce que tu pour-rais téléphoner à Madeleine pour l'aviser.

– Certainement, je vais le faire, répondit Bleuette. Alors, on se voit là-bas Fraisinette.

– D'accord, salut, répondit Fraisinette.

Clic.

Fraisinette composa aussitôt le numéro de Mandarine.

Dring! Dring! Dring! Dring! Dring!

Aucune réponse.

Fraisinette raccrocha. Elle avait le pressentiment que Mandarine n'était pas dans son assiette.

Et elle était déterminée à trouver ce qui n'allait pas.

Au Verger Enchanté, Mandarine n'avait même pas entendu le téléphone sonner. C'est qu'elle était dehors, sous le soleil ardent, en train de sarcler et de labourer la terre pour agrandir son potager. Elle s'arrêta un instant pour prendre une pause et s'essuyer le front.

Mandarine ne travaillait jamais dans son potager en plein milieu d'après-midi, lorsque le soleil est à son zénith. Mais aujourd'hui, elle préférait de beaucoup être ailleurs que dans la maison à regarder les centaines de morceaux de tissu qui devaient être cousus. Chaque fois que Mandarine essayait de commencer la tente, elle était trop effrayée pour effectuer une seule couture. Trop effrayée à l'idée de retourner à l'Île de Crème Glacée; trop effrayée à l'idée de monter sa pouliche, Torsade à l'orange; trop effrayée à l'idée de tomber à nouveau.

Aucun de ses amis ne savait que Mandarine s'était rendue, il y avait quelques semaines, à l'Île de Crème Glacée. Torsade à l'orange était sûrement la plus gênée et la plus nerveuse des pouliches. Elle était facilement effrayée par les bruits et les surprises. Mandarine

la comprenait bien parce qu'elle aussi, à l'occasion, elle était gênée et nerveuse. C'est la raison pour laquelle elles étaient de bonnes amies.

Mais lors de la dernière visite de Mandarine à l'île, quelque chose de terrible s'était produit. Elle était sur le dos de Torsade à l'orange lorsqu'un oiseau passa trop près de la pouliche. Torsade eut tellement peur qu'elle se cambra, entraînant la chute de Mandarine.

Par chance, Mandarine atterrit dans une botte de foin. Sa chute ne lui laissa que quelques ecchymoses et courbatures. Mais elle n'oublierait jamais combien elle avait eu peur lorsqu'elle s'était envolée dans les airs.

Une fois que Mandarine comprit qu'elle n'était pas blessée, elle dirigea sa frayeur contre Torsade à l'orange. Devant toutes les autres pouliches, elle lui lança qu'elle ne voulait plus jamais la revoir. Elle rentra au Verger Enchanté et ne parla pas à ses amis ni de sa chute ni même des paroles qu'elle avait dites.

Cette excursion à l'Île de Crème Glacée avait été l'une des pires journées dans la vie de Mandarine. Elle ne voulait même plus y retourner.

Voilà pourquoi elle n'avait même pas commencé à coudre la tente, malgré le fait que le voyage était dans deux jours.

Chapitre 4

Le vendredi soir, Fraisinette finit de préparer tous les vêtements qu'elle apporterait en camping. Son sac de couchage était roulé et attaché. Elle était impatiente d'aller rejoindre ses amis au pavillon.

Fraisinette enfila son sac à dos, agrippa ses sacs de voyage et de couchage, et se dirigea vers le pavillon. Elle marcha encore plus vite qu'à l'accoutumée.

– Hou! hou! il y a quelqu'un? demanda Fraisinette à son arrivée. Aucune réponse. Fraisinette rit en elle-même.

– Je pense que je suis un *peu* en avance.

– Je le suis moi aussi, dit une voix derrière Fraisinette. C'était Mam'zelle Galette. J'ai couru jusqu'ici, dit-elle en reprenant son souffle. Je ne pense pas que je vais pouvoir dormir cette nuit, tellement je suis emballée!

– Je sais, moi aussi, s'exclama Fraisinette. Je me demande quand les autres vont arriver.

– Bientôt, j'espère, dit Mam'zelle Galette. Peut-être pourrions-nous organiser le matériel en les attendant.

– Bonne idée, répondit Fraisinette. Dis-moi ce que je dois faire.

Pendant quelques minutes, Fraisinette et Mam'zelle Galette répartirent avec soin les articles. Puis elles entendirent des pas à l'extérieur.

– Nous sommes ici, cria Mam'zelle Galette, ses yeux noirs brillant.

Les fillettes coururent jusqu'à la porte.

À l'extérieur, Madeleine et Bleuette transportaient des sacs remplis de nourriture, tandis que Petit Beignet traînait une glacière.

– Euh! Madeleine, cette glacière est bien *lourde*. Peut-être que tu as trop cuisiné, la taquina-t-il.

– Ce n'est pas ce que tu diras lorsque viendra le moment de manger, plaisanta Madeleine.

– Eh! Petit Beignet, laisse-moi t'aider, dit Mam'zelle Galette en prenant l'autre extrémité de la glacière. Dis donc, Madeleine, qu'est-ce que tu as prévu au menu? Des pierres?

– Ha! ha! rit Madeleine. En fait, la glacière est remplie de ce dont nous aurons besoin pour faire des hot-dogs, des hamburgers et un pot-au-feu. On y trouve également des saucisses, des œufs pour le petit déjeuner, et...

– Épatant! dit Petit Beignet. Je ne vais plus me plaindre que la glacière est lourde.

– Regardez toutes les provisions que nous avons, déclara Bleuette en jetant un coup d'œil dans la pièce. Nous avons tout ce qui sera nécessaire.

– Sauf la tente, remarqua Mam'zelle Galette. Où est Mandarine?

– Nous l'attendons toujours, répondit Fraisinette. Je lui ai laissé un message à propos de la réunion de ce soir. Je suis certaine qu'elle va arriver bientôt.

Les enfants discutèrent de leur voyage de camping en attendant Mandarine. Mais le temps passa, et Mandarine n'arrivait pas.

– Peut-être qu'elle n'a pas reçu mon message, dit finalement Fraisinette.

– Je peux aller la chercher chez elle, proposa Mam'zelle Galette.

— Moi aussi, ajouta Bleuette.

— Merci, dit Fraisinette. Quant à nous, nous resterons ici et placerons la nourriture.

Fraisinette, Madeleine et Petit Beignet placèrent la nourriture dans le frigo du pavillon. Puis, ils remplirent les bacs à glaçons d'eau et les placèrent dans le congélateur afin d'avoir suffisamment de glace dans la glacière. Ils terminèrent le travail bien avant le retour de Bleuette et de Mam'zelle Galette.

— C'est fraisement étrange, dit Fraisinette. Mandarine ne semblait pas être dans son assiette toute la semaine. Mais je n'arrive pas à trouver ce qui se passe.

Tout à coup, la porte s'ouvrit grand. C'était Bleuette et Mam'zelle Galette, mais sans Mandarine.

— Nous devons annuler le voyage, annonça Bleuette les larmes aux yeux.

– Quoi? s'écrièrent les autres enfants. Ils commencèrent tous à parler en même temps.

– Une minute, cria Fraisinette en levant les mains. Bleuette, de quoi parles-tu? Que se passe-t-il? Et où est Mandarine?

– Elle est chez elle, dit Mam'zelle Galette avec rage. Elle n'avait pas le courage de nous affronter après ce qu'elle a fait.

– Qu'est-ce qu'elle a fait? demanda Madeleine, les yeux grands ouverts.

– Elle n'a même pas cousu la tente, annonça Mam'zelle Galette. Tout le monde a travaillé tellement fort cette semaine, et Mandarine n'a *rien* fait, et maintenant nous n'avons pas de tente. Comment pouvons-nous aller camper sans tente?

– Je n'en reviens pas! fit Fraisinette. Ça ne ressemble pas à Mandarine. Que se passe-t-il avec elle?

– Je m'en balance, ragea Madeleine. Elle n'a jamais voulu faire ce voyage et maintenant elle nous empêche tous d'y aller.

– C'est ça, ajouta Mam'zelle Galette. C'est probablement mieux que le voyage soit annulé, parce que Mandarine n'aurait pas été de bonne compagnie.

– Pas nécessairement, protesta Fraisinette. Et je suis certaine que nous pouvons trouver une façon d'aller camper sans tente. Je vous promets que je vais trouver une solution. Et je vais parler à Mandarine pour savoir ce qui s'est passé.

– Tu penses vraiment que nous pourrons quand même partir camper demain Fraisinette? demanda Petit Beignet plein d'espoir.

– Oui, répondit Fraisinette. Et j'espère que Mandarine se joindra à nous. Il semble qu'elle vive un dur moment depuis un certain temps. Alors il est fraisement important que nous soyons de bons amis, d'accord?

– D'accord, dirent Petit Beignet et Bleuette. Madeleine et Mam'zelle Galette échangèrent un regard avant d'accepter.

– Maintenant, allons chacun chez nous et essayons de dormir, dit jovialement Fraisinette. Nous partons tôt demain matin.

À leur départ du pavillon, tous les enfants étaient encore une fois emballés à l'idée de leur voyage, sauf Fraisinette. Dans son cœur, elle était effrayée. Comment allait-elle régler le problème de la tente et découvrir les raisons qui avaient poussé Mandarine à agir de la sorte, en une seule soirée?

Une chose à la fois, se dit Fraisinette en elle-même. Je vais aller parler à Mandarine. Peut-être que si je découvre ce qui la tracasse, nous pourrons résoudre ensemble le problème de la tente.

Le crépuscule tombait lorsque Fraisinette grimpa l'escalier tortueux qui menait à la maison de Mandarine. Elle frappa à la porte.

— Mandarine, c'est Fraisinette, est-ce que je peux te parler une minute ?

Il y eut une longue pause. Fraisinette commença à penser que Mandarine ne lui ouvrirait pas la porte.

Puis, la porte s'entrouvrit et Mandarine lança :

— Fraisinette, je suis vraiment désolée de ne pas avoir fait la tente. Mais je ne veux parler à personne, d'accord ?

— Mandarine, la tente ne m'intéresse pas, dit Fraisinette rapidement avant que Mandarine referme la porte. C'est toi qui me préoccupes. Est-ce que tout va? Tu sembles tellement triste, je veux t'aider.

La porte s'entrouvrit un peu plus.

– Bien, rentre, l'invita Mandarine.

Fraisinette suivit Mandarine dans la salle de séjour et s'assit près d'elle sur le canapé. Le parquet était couvert de pièces de tissu aux couleurs vives et aux motifs attrayants. Reposaient sur la table la machine à coudre de Mandarine ainsi que des dizaines de bobines de fil et des aiguilles étincelantes.

Mandarine regarda tous les articles de couture.

– J'ai essayé, dit-elle simplement, mais j'étais incapable de le faire.

– C'est correct, répondit gentiment Fraisinette. Mais pourquoi tu ne l'as pas dit à quelqu'un? Nous sommes tes amis. Nous aurions compris. Nous aurions peut-être pu t'aider.

– Je l'ai fait, expliqua Mandarine d'une voix tremblotante. À la réunion, mais personne n'écoutait. Personne n'a écouté lorsque j'ai dit que je ne voulais pas aller à l'Île de Crème Glacée.

– Mandarine, si tu ne voulais pas venir en vacances avec nous, tu n'avais qu'à le dire. Je ne comprends pas pourquoi tu refuses de venir, lui dit Fraisinette en plaçant son bras autour de son amie. Et personne ne peut imaginer un voyage de l'amitié sans toi.

Mandarine fixa le parquet. Après un long silence, Fraisinette soupira et se leva.

– D'accord, Mandarine, dit-elle. Je te téléphonerai à notre retour. Bye.

En voyant Fraisinette quitter la pièce, Mandarine comprit qu'il ne lui restait qu'une seule chance de pouvoir partir camper et de s'expliquer avec ses amis.

– Attends! hurla-t-elle. Je veux partir en vacances avec tout le monde, c'est juste, je veux dire…

– Vraiment! s'exclama Fraisinette. Oh! Mandarine, je suis si contente. Nous allons nous amuser beaucoup, je te le promets. Elle fit un gros câlin à Mandarine. Maintenant, nous devons penser à une façon de camper sans tente.

– Nous pourrions dormir dans les stalles libres de l'écurie, proposa Mandarine. Et nous n'aurions pas à nous inquiéter de dormir à l'extérieur sans protection.

– Mandarine, tu es géniale, s'exclama Fraisinette. Il y a beaucoup de stalles libres dans l'écurie principale. Nous pourrions les transformer en forteresse en plaçant des couvertures sur le dessus. Ce sera vraiment chouette. As-tu toujours ta liste? As-tu besoin d'aide pour faire tes bagages?

– Je ne pense pas, dit Mandarine.

– C'est d'accord, alors, répondit Fraisinette. Je vais demander à tout le monde d'apporter une couverture. Je te vois demain matin à l'aube. Bye, Mandarine. Nous allons passer de très bons moments ensemble.

En refermant la porte derrière Fraisinette, Mandarine espérait que son amie disait vrai. Elle savait que sa peur de monter de nouveau Torsade à l'orange avait failli lui faire perdre ses amis. Elle savait qu'elle devait trouver une façon de ne plus être aussi effrayée.

Mais elle était incapable de trouver une solution.

Chapitre 5

Tôt le lendemain matin, tous les amis se rejoignirent au pavillon. Chacun apportait une couverture et avait de tout petits yeux.

– Pourquoi avons-nous décidé de partir aussi tôt? demanda Petit Beignet en se frottant les yeux.

– Pour avoir encore plus de temps pour jouer aujourd'hui, chantonna Fraisinette. Tu ne veux pas dormir pendant tout le voyage, n'est-ce pas?

— Tout un voyage de camping, grommela Petit Beignet. Nous n'allons même pas dormir sous une vraie tente.

— Je crois que construire des forteresses dans l'écurie sera très amusant, ajouta rapidement Bleuette quand elle remarqua combien Mandarine était bouleversée. C'est peut-être encore mieux que de dormir sous une tente.

Petit Beignet haussa les épaules et commença à déambuler le long du sentier de la Baie.

— Allo! Mam'zelle Galette, dit doucement Mandarine. Veux-tu marcher avec moi?

Mam'zelle Galette regarda au loin.

— En fait, j'ai dit à Madeleine que je marcherais avec elle, désolée.

Fraisinette soupira lorsqu'elle vit que Mandarine était seule à l'arrière du groupe. Ses amis ne semblaient pas prêts à pardonner à Mandarine comme elle l'espérait.

— Ne t'inquiète pas Mandarine, dit Fraisinette d'une voix douce. Une fois que nous serons à l'Île de Crème Glacée et que nous nous amuserons, tout rentrera dans l'ordre.

— J'espère que tu as raison, chuchota Mandarine. Sinon ce sera un voyage fraisement long!

Lorsque le soleil s'éleva dans le ciel, Bleuette distribua de délicieux muffins qu'elle avait cuisinés. Les enfants commencèrent à rire et à se raconter des histoires. Le froid envers Mandarine semblait dissipé. Finalement, le groupe traversa le ruisseau Soda et se dirigea vers l'Île de Crème Glacée.

— Enfin, nous voilà arrivés, dit Petit Beignet, toute rancœur oubliée.

— J'ai hâte de voir les pouliches, cria Bleuette.

— Venez, venez, répliqua Madeleine en courant vers les stalles. Le reste des enfants la suivit. Même Mandarine était contente d'être enfin arrivée.

Les pouliches, Caramelo, Pâte à biscuits, Lait fouetté, Chausson aux pommes, Sundae aux bleuets et Torsade à l'orange, les attendaient dans la clairière. À voir leur tête bouger, à les entendre trépigner et hennir, il était clair que les pouliches étaient autant enthousiastes que leurs amis.

— Allô! Caramelo, dit Fraisinette.

— Fraisinette, nous sommes heureuses que vous soyez *enfin* arrivés, répondit Caramelo.

— Nous aussi, dit Fraisinette en riant.

Dans la clairière, tous les enfants saluaient leur pouliche. Petit Beignet était déjà sur le dos de Chausson aux pommes. Madeleine montrait à Lait fouetté le magnifique ruban qu'elle lui avait apporté. Mam'zelle Galette donnait un cube de sucre à Pâte à biscuits et Bleuette fit un gros câlin à Sundae aux bleuets

Seule Mandarine restait à l'écart. Elle n'était pas prête à passer du temps avec Torsade à l'orange… pas pour l'instant. Alors, elle prétendit être occupée à réunir tout l'équipement de camping et les sacs.

– Qui veut aller faire une promenade ? proposa Petit Beignet, pendant que Chausson aux pommes décocha une ruade. Hi ! ha !

– Fraisinette, traversons le ruisseau Soda et dirigeons-nous vers les montagnes, suggéra Caramelo.

– C'est une excellente idée, s'exclama Fraisinette.

– Apportons de quoi faire un pique-nique, proposa Madeleine.

Le cœur de Mandarine battit la chamade.

– Bien, attendez, pouvons-nous, ne devrions-nous pas nous installer avant, lança-t-elle en rougissant.

– Nous venons tout juste d'arriver, protesta Petit Beignet. Je veux faire quelque chose d'amusant.

– Nous aurons tout le temps de nous installer cet après-midi, lui dit Bleuette.

– Mais je veux vraiment que nous nous installions avant de partir en excursion avec les pouliches, poursuivit-elle, tentant de trouver les mots exacts.

Le silence tomba. Mam'zelle Galette se rapprocha de Mandarine et lui chuchota :

– Tu es dure Mandarine, qu'est-ce qui se passe ?

Fraisinette s'éclaircit la voix.

– Hum! Mandarine, tout le monde veut aller faire une promenade et un pique-nique. Si tu ne veux pas te joindre à nous, et bien reste ici et commence à nous installer, d'accord?

– D'accord, maugréa Mandarine en regardant au sol. Elle ne regarda pas les autres enfants monter sur les pouliches. Elle ne remarqua pas que Torsade à l'orange se dirigeait tristement vers l'écurie. Elle garda les yeux au sol jusqu'à ce qu'elle entende le *trot* des pouliches s'éloigner.

Et puis, elle se retrouva seule.

– C'est de ma faute, dit-elle furieusement en décochant un coup de pied sur un caillou. Je ne sais pas combien de chances mes amis me donneront. Je ne veux pas les perdre juste parce que je suis effrayée de monter de nouveau Torsade à l'orange.

Soudain, Mandarine se rendit compte qu'elle pouvait rester là à se désoler ou qu'elle pouvait préparer le campement pour ses amis.

– Ils seront sûrement affamés et fatigués à leur retour et ne seraient-ils pas heureux que tout soit prêt? dit-elle avec conviction. Et sans perdre un instant de plus, Mandarine se mit au travail.

Dans l'écurie, elle repéra six stalles libres. Elle les balaya, puis elle y plaça les six sacs de couchage qu'elle déroula. Ensuite, elle y déposa les sacs de voyage de ses amis. Pour terminer, elle déposa une couverture sur le dessus de chaque stalle.

– Bleuette avait raison, c'est une forteresse fraisement belle, se dit-elle. J'espère que les autres le penseront aussi.

Mandarine apporta toute la nourriture dans une stalle afin de la protéger des animaux des bois. Elle ramassa de grosses pierres pour construire un foyer. Puis, elle trouva des brindilles et des branches sèches que les enfants utiliseraient pour faire le feu de camp en soirée. Une fois qu'elle eut terminé

toute l'installation, le campement était prêt à recevoir les amis. Mandarine était fière de son travail et elle commençait à avoir faim. Elle regarda dans la glacière pour se trouver quelque chose à grignoter. Elle essaya de ne pas trop penser au plaisir de ses amis qui faisaient un pique-nique.

Lorsque Mandarine sortit à l'extérieur avec un sandwich et une pomme, une forte brise soufflait. De gros nuages menaçants s'avançaient sur l'Île de Crème Glacée.

– Chouette! il semble qu'il va enfin pleuvoir, s'exclama Mandarine.

Puis, elle eut une terrible pensée. Si l'averse se transformait en pluie torrentielle, le niveau d'eau du ruisseau Soda pourrait monter et obliger ses amis à rester au sommet de la montagne.

Mandarine savait que ses amis avaient beaucoup trop de plaisir pour remarquer les

nuages annonciateurs d'un orage. Elle devait les avertir et les ramener au campement. Mais comment ? Ses amis étaient à cheval. Même si elle courait aussi vite qu'elle le pouvait, Mandarine n'arriverait jamais à les rattraper.

– Que vais-je faire ? se demanda Mandarine en pleurant. Je n'arriverai jamais à les rejoindre.

Tout à coup, une légère odeur provenant des buissons attira son attention. Timidement, Torsade à l'orange sortit de la clairière.

Alors, Mandarine sut exactement ce qu'elle devait faire. Si Torsade à l'orange l'emmenait à la montagne, elle aurait sûrement la chance de rejoindre ses amis avant la tempête.

Mandarine était toujours effrayée, mais la pensée que ses amis pouvaient être en difficulté repoussa ses craintes loin dans son esprit.

– Eh! fillette, dit-elle doucement en sifflant Torsade à l'orange. Peux-tu m'emmener au sommet de la montagne?

Torsade à l'orange hésita. Elle avait peur que Mandarine soit toujours fâchée contre elle.

– Je suis désolée de t'avoir crié après. J'ai tellement eu peur. Peux-tu me pardonner? demanda Mandarine. Elle savait que son amie pouliche n'avait pas voulu l'effrayer.

Torsade à l'orange lui pardonna immédiatement. Elle hennit doucement et se pencha pour permettre à Mandarine de monter sur elle.

Mandarine prit une grande inspiration. Elle plaça ses mains sur le dos de Torsade à l'orange et se hissa.

– Nous pouvons le faire, n'est-ce pas? dit-elle en faisant courir ses doigts dans la crinière soyeuse de Torsade à l'orange. Allons-y doucement…

Torsade à l'orange marcha au pas dans la clairière, puis commença à trotter. Mandarine se tenait fermement et gardait les yeux fer-més. Elle n'osait pas regarder. Mais lorsque Torsade à l'orange partit au galop dans le sen-tier, Mandarine commença à se détendre. Tous les merveilleux sou-venirs qu'elle avait de ses promenades avec Torsade à l'orange revinrent à sa mémoire. Elle en oublia presque sa vilaine chute.

— Je suis fière de toi, cria Mandarine dans le vent. En un rien de temps, ils avaient at-teint le sommet de la montagne, où les amis et les pouliches étaient sur le point de pique-niquer.

– Mandarine! s'exclama Fraisinette. As-tu changé d'idée?

– Ho! Torsade à l'orange, ho! dit Mandarine à sa pouliche qui piaffait.

– Il y a une grosse tempête qui arrive du sud, regardez les gros nuages qui s'avancent vers nous. Si la pluie est forte, le ruis-seau Soda risque de déborder, et vous ne serez plus capables de redescendre de la montagne.

– Oh! nous devons partir immédiatement, déclara Bleuette. Allons-y.

– C'est une chance que tu sois venue Mandarine, nous n'aurions jamais vu ces nuages à temps, s'écria Fraisinette en faisant une accolade à son amie.

Les enfants ramassèrent leur pique-nique et montèrent leur pouliche. Ils commençaient à descendre la montagne lorsque les premières gouttes de pluie tombèrent. Au moment où ils atteignirent le ruisseau Soda, l'eau avait déjà commencé à monter. Mais elle était encore à un niveau qui permettait aux pouliches de traverser le canal.

– Ça va! cria Petit Beignet se faisant éclabousser. C'est génial!

Une fois arrivés à l'écurie, les enfants étaient complètement trempés. La clairière était couverte de flaques de boue.

– Quel temps affreux, dit Madeleine, en claquant des dents. Je suis trempée!

– Dépêche-toi de rentrer, ordonna Mandarine.

– Mandarine! s'exclama Fraisinette en entrant dans l'écurie. Tu as si bien préparé le campement! C'est fantastique.

– Si tu n'avais pas rentré le matériel à l'intérieur, tout aurait été trempé, se rendit compte Bleuette.

– Tu nous as sauvés! ajouta Petit Beignet.

Mandarine sourit.

– Enfilons des vêtements secs et allons panser les pouliches, dit-elle. Puis, nous pourrions faire un pique-nique à l'intérieur!

Les enfants se changèrent rapidement, puis brossèrent leur pouliche et les recouvrirent d'une douce couverture. Ils s'assirent en cercle sur le plancher et se passèrent les sandwichs, les carottes, les pommes et les biscuits.

Avant que Mandarine commence à manger, elle regarda ses amis.

– Hé! dit-elle. Je suis vraiment désolée de l'attitude que j'ai eue la semaine dernière. Je suis désolée de ne pas avoir fait la tente, même si je vous avais promis de le faire. Vous aviez raison, je ne voulais pas vraiment faire ce voyage. Mais ce n'est pas parce que je ne voulais pas être avec mes amis.

– Alors quelle était la raison? demanda doucement Bleuette.

– J'étais, j'étais effrayée, répondit Mandarine. Je ne l'ai jamais raconté à personne, mais il y a quelques semaines, je suis venue rendre visite à Torsade à l'orange. Elle s'est emballée lorsque nous étions en promenade et je suis tombée. C'était terrible. Et j'ai fait le serment que je ne monterais plus jamais Torsade à l'orange.

– Oh! Mandarine, c'est terrible! s'exclama Fraisinette. Pas étonnant que tu n'aies pas voulu venir.

– En effet, acquiesça Madeleine en plaçant ses bras autour de Mandarine. Mais pourquoi tu ne nous en as pas parlé? Nous aurions compris.

– J'étais gênée, dit Mandarine en haussant les épaules. Je ne voulais en parler à personne.

– Et nous n'avons pas été vraiment à l'écoute lorsque tu nous as dit que tu ne voulais pas venir à l'Île de Crème Glacée, dit Fraisinette. Je suis désolée Mandarine. Mais tu sais quoi? Même si tu étais effrayée, tu as pris sur toi de venir en aide à tes amis. C'est fraisement bien!

– Hourra! dit en chœur le reste des enfants.

– Et ce sera encore mieux de dormir dans les stalles que de dormir sous la tente avec toute cette humidité, ajouta Petit Beignet.

Mandarine sourit.

– Hé! avez-vous entendu? demanda-t-elle soudainement.

– Non, quoi? répondit Bleuette.

– Je crois que la pluie a cessé. Mandarine ouvrit les portes de l'écurie juste à temps pour voir le soleil percer le dernier nuage noir. Nous pourrons contempler les étoiles ce soir.

– Et demain, nous pourrons aller nous baigner.

– Et monter les pouliches.

Fraisinette sourit pendant que tous ses amis commencèrent à parler avec joie de leurs projets du lendemain. Au début, le voyage avait été un peu difficile, mais en compagnie de ses meilleurs amis, Fraisinette savait qu'il serait encore plus agréable que ce qu'elle avait imaginé.